致　約塔木與尤瓦爾

蹦蹦和跳跳

我不喜歡你比我厲害

納瑪・班茲曼 著

小樹文化
Little Trees

小兔子蹦蹦住在森林深處的一棟小木屋裡。
每天早上，
喝完巧克力牛奶、幫花園裡的玫瑰澆完水之後，
蹦蹦就會開始練習跳高。

跳啊跳！跳
！跳

蹦蹦好努力好努力的練習，
因為他準備要去參加森林跳高比賽！

第一場比賽，
蹦蹦打敗了跳蚤。

第二場比賽，
蹦蹦跳得比跳蚤還有青蛙高。

最後一場比賽，
蹦蹦贏了跳蚤、青蛙，還有松鼠。
然後……蹦蹦成為了森林跳高比賽的冠軍！

冠軍

森林跳高比賽

蹦蹦

有一天，
森林的另一邊來了另一隻小兔子跳跳。

蹦蹦邀請跳跳來家裡玩，
他們一起喝了巧克力牛奶、
啊姆啊姆的吃了餅乾，
度過了美好的時光。

蹦蹦說：「我要去練習了。」
跳跳問：「練習什麼？」
「練習跳高啊！我已經準備好要打敗所有人了！
我可是森林跳高比賽的冠軍呢！」蹦蹦回答。
「我可以跟你一起練習嗎？」跳跳問。
「好啊。」蹦蹦說。

然後，他們就開始練習跳高了！

跳……什麼？！他怎麼可能跳得比我還要高？

跳！

你這個討厭的騙人鬼！
　　我再也不要跟你玩了！
　　　　你走開，不准過來！
我們再也不是好朋友了！
你這個作弊鬼！！！
　　騙人鬼！！
　　　作弊王！
你是世界上
　　最可惡的大騙子、
作弊鬼、說謊鬼！

隔天，跳跳寄了一張畫給蹦蹦。
蹦蹦打開信封、揉掉跳跳寄來的畫，
然後丟到垃圾桶裡。

過了一個星期，跳跳又寄了一張畫給蹦蹦。
但是蹦蹦沒有打開信封。

過了一個月，跳跳寄了第三張畫給蹦蹦。
「我才不要作弊鬼的畫。」蹦蹦哭著說，
「我才不要像跳跳這種愛說謊的朋友，
我再也不要跟他說話了！」

蹦蹦把信撕成了碎片，然後丟進了垃圾桶。

夏天來了，跳跳的生日就快到了！他決定舉辦有史以來
最棒、最厲害的生日派對。派對上會有好多好多軟糖、
巧克力蛋糕、各式各樣顏色的棒棒糖，還有果汁冰棒。
跳跳還寫了超級漂亮的邀請卡給森林裡的每一隻動物，
除了蹦蹦。

但是，粗心大意的郵差先生不小心把邀請卡寄給了蹦蹦。

蹦蹦好驚訝，他居然收到了跳跳的邀請卡。
「哇！」蹦蹦說，「這張邀請卡好漂亮、好棒！
跳跳大概很想要跟我和好吧！而且都過這麼久
了，跳跳大概放棄跳高了吧，我絕對可以打敗他
一千次。」

蹦蹦想，他們可以在生日派對那一天和好。

蹦蹦還幫跳跳買了一個禮物、寫了一張漂亮的生
日卡片，他已經準備好要去參加生日派對了。

當蹦蹦抵達派對時，
森林裡的動物都已經到了，
他們圍坐在一張放滿超美味食物的餐桌前。

跳！跳啊跳！

跳！跳啊跳！

生日派對

跳跳問蹦蹦：「你為什麼會在這裡？」
蹦蹦說：「我來參加你的生日派對啊。」
跳跳說：「我又沒有邀請你。」
蹦蹦說：「有啊，你有寄邀請卡給我啊。」
「才怪，」跳跳說，「你說我是說謊鬼，
你自己才是！我才沒有寄邀請卡給你！
趕快離開我家、不准再來！」

蹦蹦不懂為什麼跳跳會說他沒有寄邀請卡，
而且蹦蹦真的很想要跟跳跳和好。

「拜託……讓我留下來吧，我明天會給你看我收到的邀請卡，我真的很希望我們能再次成為好朋友。」

「拜託，跳跳……拜託
讓我參加你的生日派對好嗎？
我可以留下來幫你。」

「只要今天就好，可以嗎？
我可以送你花園裡的玫
瑰花，還可以讓你當
森林跳高冠軍。」

我沒有寄邀請卡給你，
你這個騙子！我才不要
跟大騙子當朋友！
我再也不要跟你講話了！

炎熱的夏天結束；
涼爽的秋天離去；
寒冷的冬天來臨了。

有一天，當跳跳踏出家門時，
他發現積雪開始融化了。
就在那個地方、在小徑的旁邊，
放著蹦蹦送來的禮物。
跳跳想起了他們在一起的時光有多快樂，
那是最美好的日子。

蹦蹦和跳跳
我不喜歡你比我厲害

作者：納瑪‧班茲曼（Naama Benziman）
譯者：小樹文化編輯部

小樹文化股份有限公司
總編輯：蔡麗真｜副總編輯：謝怡文｜責任編輯：謝怡文｜校對：林昌榮｜封面設計：周家瑤
內文排版：洪素貞｜行銷企劃經理：林麗紅｜行銷企劃：蔡逸萱、李映柔

讀書共和國出版集團
社　　長：郭重興｜發行人兼出版總監：曾大福
業務平臺總經理：李雪麗｜業務平臺副總經理：李復民
實體通路組：林詩富、陳志峰、郭文弘、吳眉姍、王文賓
網路暨海外通路組：張鑫峰、林裴瑤、范光杰
特販通路組：陳綺瑩、郭文龍｜電子商務組：黃詩芸、李冠穎、林雅卿、高崇哲
專案企劃組：蔡孟庭、盤惟心｜閱讀社群組：黃志堅、羅文浩、盧煒婷
版權部：黃知涵｜印務部：江域平、黃禮賢、林文義、李孟儒
發　　行：遠足文化事業股份有限公司
　　　　　地址：231 新北市新店區民權路 108-2 號 9 樓
　　　　　電話：(02) 2218-1417｜傳真：(02) 8667-1065
　　　　　客服專線：0800-221029｜電子信箱：service@bookrep.com.tw
　　　　　郵撥帳號：19504465 遠足文化事業股份有限公司
　　　　　團體訂購另有優惠，請洽業務部：(02) 2218-1417 分機 1124、1135

法律顧問：華洋法律事務所 蘇文生律師
出版日期：2022 年 3 月 3 日初版

ISBN 978-957-0487-81-7 (精裝)
ISBN 978-957-0487-82-4 (EPUB)
ISBN 978-957-0487-83-1 (PDF)

小樹文化官網　　小樹文化讀者回函